1910 - Mai 2

(Nº 211) COLLECTION DE FEU M. DUMONT, de Lyon

Vente des Lundi 2 et Mardi 3 Mai 1910

HOTEL DROUOT — SALLE Nº 8

Nº 243 du Catalogue

ESTAMPES & DESSINS

Anciens et Modernes

PEINTURE par J.-B. OUDRY

Mᵉ ANDRÉ DESVOUGES M. LOYS DELTEIL

FRAZIER-SOYE
GRAVEUR - IMPRIMEUR
153-157, Rue Montmartre
PARIS

CATALOGUE

DES

ESTAMPES

ET

DESSINS

Anciens et Modernes

ET D'UNE

PEINTURE par J.-B. OUDRY

Composant la Collection de feu M. Dumont, de Lyon

Dont la vente aura lieu

à Paris, HOTEL DROUOT, Salle N° 8

Les Lundi 2 et Mardi 3 Mai 1910

à 2 heures précises

Par le Ministère de Me ANDRÉ DESVOUGES

COMMISSAIRE-PRISEUR

26, *Rue de la Grange-Batelière*

Assisté de M. LOYS DELTEIL, Artiste-Graveur, Expert

2, *Rue des Beaux-Arts*

CONDITIONS DE LA VENTE

Elle sera faite au comptant.

Les adjudicataires paieront *dix pour cent* en sus des enchères.

M. Loys Delteil remplira les commissions que voudront bien lui confier les amateurs ne pouvant y assister.

MM. les amateurs pourront visiter la collection, 2, *rue des Beaux-Arts*, du Lundi 25 Avril au Samedi 30 Avril 1910, de 2 heures à 5 heures.

ORDRE DES VACATIONS

Lundi 2 Mai...................... N° 1 à 194
Mardi 3 Mai...................... N° 195 à la fin.

Le Peintre-Graveur Illustré

(XIXe & XXe SIÈCLES)

par LOYS DELTEIL

OUVRAGE HONORÉ D'UNE SOUSCRIPTION DU MINISTÈRE DE L'INSTRUCTION PUBLIQUE ET DES BEAUX-ARTS

VIENT DE PARAITRE :

TOME V consacré à COROT

contenant la biographie du maître
le Catalogue raisonné de son œuvre gravé et lithographié
de ses
AUTOGRAPHIES & CLICHÉS-VERRES

1 volume in-4° de 136 pages, orné d'un portrait de Corot, de 101 fac-simile et d'*une eau-forte originale* de Corot : LE DÔME FLORENTIN.

50 Exemplaires de luxe, avec l'eau-forte originale, *avant* la lettre . . . . **70** francs
350 Exemplaires ordinaires, avec l'eau-forte, avec la lettre . . **25** —
100 — — sans l'eau-forte . . . . **20** —

EN SOUSCRIPTION : **POUR PARAITRE LE 28 MAI 1910**

TOME VI consacré à
RUDE, BARYE, CARPEAUX, RODIN

contenant la biographie des maîtres
le Catalogue raisonné de leur œuvre gravé et lithographié

1 Volume in-4°, orné des portraits de Rude, de Barye, de Carpeaux et de Rodin, d'environ 50 fac-simile et d'une pointe sèche originale de Aug. Rodin : *les Amours conduisant le Monde*.

50 Exemplaires de luxe, sur Japon, avec la pointe sèche originale de Rodin. . . **50** francs
300 — — — avec la planche de Rodin. **20** —
150 — — — sans la planche . . . . **12** —

BULLETIN DE SOUSCRIPTION

(A renvoyer à M. LOYS DELTEIL, 2, rue des Beaux-Arts)

Je, soussigné, déclare souscrire à .... exemplaire du Tome VIe du PEINTRE-GRAVEUR ILLUSTRÉ, au prix .... francs l'exemplaire.

Signature et Adresse

DÉSIGNATION

ABOT (Eugène)

1. L'Abreuvoir, d'apr. Lynch. Très belle épreuve *avant la lettre*, sur japon.

ARDAIL (Albert)

2. Mme la M[ise] de Beauvoir, d'apr. E. Toudouze. Très belle épreuve *avant la lettre*, sur japon.

BALÉCHOU (J. J.)

3. Ste Geneviève, d'apr. C. Vanloo. Superbe épreuve *avant toute lettre*. Collection F. Debois.

BAUDOUIN (d'après P. A.)

4. Le Bain, reproduction en couleurs, d'apr. l'estampe de Regnault. Deux épreuves sur japon.

BENWELL (d'après J. H.)

5. *A St Giles's Beauty*, par Boillet. Belle épreuve, *tirée en bistre*.

BERTINOT (G.)

6. La Vierge, l'Enfant Jésus et St Jean, d'apr. Bouguereau (B. 16). Très belle épreuve, *avant la lettre*, sur chine.

BOILLY (L.)

7. Grimaces, onze planches *coloriées.*

BOIS ANCIENS

8. Sujets divers, 23 pièces par divers graveurs.

BONINGTON (R. P.)

9. Rue du gros Horloge, Rouen. Très belle épreuve sur chine.

10. Tour du gros Horloge, Evreux — Eglise St Gervais et St Protais, Gisors. Deux pièces sur chine.

11. Architecture du Moyen-Age — Tour des Archives, à Vernon — Abside de St Taurin, d'Evreux — Façade de St Jean, à Lyon. Cinq pièces. Belles épreuves.

BRACQUEMOND (Félix)

12. Erasme, d'après Holbein (39). Superbe et très rare épreuve, *avec la dédicace à Joseph Guichard* (tirage à 25 épreuves).

13. Le Haut d'un battant de porte (110). Très belle épreuve du 4e état, sur chine, *avec* la date de 1852.

14. L'Inconnu (174). Superbe épreuve du 2e état (tiré à 6 épr. environ).

15. Les Cigognes (179). Superbe épreuve du 1er état.

16. Hiver (180) — Le Haut d'un battant de porte (110). Deux pièces, la 1re, *avant la lettre.*

17. Les Saules des Mottiaux (190). Très belle épreuve sur japon.

18. La Nuée d'orage (219). Très belle épreuve sur japon, *signée.*

N° 19 du Catalogue.

19. Le Vieux Coq (222). Très belle épreuve *avant les vers*, sur chine, *signée* et *numérotée*.

20. Les Mouettes (223). Très belle épreuve, sur japon, *signée*.

21. Les Hirondelles (225). Très belle épreuve sur japon, *signée*.

22. Un Tournoi, d'apr. Rubens (274). Superbe épreuve, *avant toute lettre*, sur papier ancien, *avec dédicace*.

23. Le Lièvre, d'apr. A. de Balleroy (277). Très belle épreuve d'état.

24. Boissy d'Anglas, d'apr. E. Delacroix (341). Superbe épreuve *avec les noms des artistes à la pointe*, sur japon.

25. David, d'apr. G. Moreau (348). Superbe épreuve *avec remarque*, sur parchemin, *signée* des artistes.

26. La Rixe, d'apr. Meissonier (349). Très belle épreuve d'état, *avec dédicace* du peintre et signée du graveur. Sur japon.

27. Œuvres de Rabelais (441-455). Suite complète de 16 pl. Superbes épreuves *avant la lettre*, tirées sur papier ancien.

28. Brumes du matin (779). Très belle épreuve sur japon, *signée*.

29. Puiseuses d'eau, d'après J. F. Millet (785). Très belle épreuve d'état, sur japon.

30. La même estampe. Très belle épreuve, *avant la lettre*, sur parchemin, *signée* et *timbrée*.

31. L'Automne, d'apr. J. F. Millet (788). Très belle épreuve, *avec remarque*, sur parchemin.

32. La même estampe, *avant la lettre*, sur japon, *signée* et *timbrée*.

33. Janot lapin. Très belle et très rare épreuve du 1er état, *signée.*

34. L'Allée sous bois. Très belle épreuve, *signée.* Rare.

35. Les Canards l'ont bien passée (154), tirage postérieur — Margot la critique (113). Deux pièces. Belles épreuves.

36. Les Taupes (134) — Margot la critique (113). La Mort de Matamore (177). Trois pièces. Belles épreuves, la dernière *avant la lettre.*

37. La Source, d'apr. Ingres (275) — Le Songe d'un habitant du Mogol, d'apr. G. Moreau (796). Deux pièces sur japon, une *signée.*

BUHOT (Félix)

38. Un Grain à Trouville (122). Deux très belles épreuves d'état différent, *timbrées*, l'une *avec* croquis marginaux.

39. Une Matinée d'Hiver au quai de l'Hôtel-Dieu (123) Deux belles épreuves, une *signée.*

40. La Fête nationale au Boulevard Clichy (127). Très belle épreuve, *tirée en 2 tons*, *timbrée.*

41. L'Hiver à Paris (128). Très belle épreuve sur japon, *avec annotations manuscrites* de l'artiste, en marge ; *signée* et *timbrée.*

42. La même estampe. Très belle épreuve sur japon, *timbrée.*

43. La même estampe. Très belle épreuve, avec deux chiens effacés, *timbrée.*

44. La même estampe. Très belle épreuve où tous les chiens du premier plan sont effacés.

45. La Place Pigalle en 1878 (129). Très belle épreuve sur japon, *timbrée.*

46. Un Débarquement en Angleterre (130). Très belle épreuve, *timbrée.*

47. Une Jetée en Angleterre (132). Très belle et rare épreuve du 2e état, sur chine, *signée.*

48. L'Orage, d'apr. Constable (145). Très belle épreuve, *signée* et *timbrée.*

49. Le Peintre de marine (146). Belle épreuve sur papier essencé, *signée* et *timbrée.*

50. Les Voisins de campagne (148). Très belle épreuve, *timbrée.*

51. Les grandes Chaumières (150). Superbe épreuve d'artiste, *signée* et *timbrée.*

52. Les Bergeries (151). Très belle épreuve d'artiste, *signée* et *timbrée.*

53. Westminster Palace (155). Epreuve sur papier essencé, *timbré* (déchirure).

54. Westsminster Bridge (156). Très belle épreuve, *signée, timbrée* et annotée par l'artiste : *L'une des premières épreuves.*

55. Environs de Gravesend (157). Belle et rare épreuve du 2e état, *timbrée.*

56. La même estampe, épreuve du 4e état, tirée à l'essence, *signée.*

57. Matinée d'Hiver sur les quais (158). Très belle épreuve sur japon, *timbrée.*

58. La même estampe. Epreuve d'essai, sur japon.

59. Les Esprits des Villes Mortes (160). Très belle épreuve, *timbrée.*

60. La même estampe. Epreuve d'état (petites cassures).

61. Le Hibou (161). Très belle épreuve, *tirée en 2 tons, signée* et *timbrée.*

62. La Place des Martyrs et la taverne du bagne (163). Belle épreuve, *timbrée* (pli).

63. La Falaise, baie de St Malo (165). Très belle épreuve *avec* l'encadrement, *timbrée*.

64. La même estampe. Superbe épreuve d'état, avec l'annotation : *épreuve d'essai du 4e état, Félix Buhot.*

65. Le Château des Hiboux et ex-libris Le Rey (168) — La Maison maudite (117), 1er état — Vignette pour le Chevalier Destouches, état (91). Trois pièces. Belles épreuves.

66. Zig-Zags d'un Curieux (172), 4 états différents. Très belles épreuves, une *signée* (1er état).

BURNEY (Eug.)

67. Mgr de Ségur, d'après F. Gaillard. Très belle épreuve *avant la lettre*, sur japon, *avec dédicace*.

CALAMATTA (L.)

68. Le Vœu de Louis XIII, d'apr. Ingres (H. B. 2). Belle et très rare épreuve, *avant toute lettre*, le titre et le nom des artistes inscrits au crayon.

69. La Source, d'apr. Ingres (12). Belle épreuve sur chine.

70. Paganini, d'apr. Ingres (37). Belle épreuve sur chine, *avant* l'adresse de Rittner.

CALLOT (Jacques)

71. La Vie de la Vierge (M. 76-89). Suite complète de 14 pl. Belles épreuves du 1er état.

CHAHINE (Edgar)

72. Le Chemineau. Superbe épreuve, *signée* et *numérotée*.

CHAMPOLLION (Eugène)

73. Le Menuet, d'apr. G. Jacquet (H. B. 7). Très belle épreuve, *avant toute lettre*, sur japon, *timbrée*.

74. Souvenirs — Le Sommeil. Deux pièces, d'après Chaplin, en double état, soit quatre pièces. Très belles épreuves, 2 *signées*, une *annotée*.

CHAUVEL (Th.)

75. Avant l'orage (38) — L'Orage, d'apr. Diaz (70) — Le Chemin creux, d'apr. Bonington (101). Trois pièces. Très belles épreuves, une *avant la lettre*.

CLAESSENS (L. A.)

76. La Ronde de nuit, d'apr. Rembrandt. Très belle épreuve, *avant la lettre*.

COCHIN FILS (C. N.)

77. Décorations du Bal paré et de la Salle de spectacle donnés à l'occasion du Mariage du Dauphin, 1745. Deux pièces gr. in-fol. Très belles épreuves, toutes marges.

78. Décoration du Bal masqué donné à l'occasion du Mariage du Dauphin, 1745. Très belle épreuve.

COROT (J. B. C.)

79. Souvenir de Toscane (L. D. 1). Belle épreuve.

80. Souvenir d'Italie (5). Très belle épreuve du 1er état. Rare.

COURTRY (Charles)

81. Les Amateurs de gravure, d'apr. Meissonier (36). Très belle épreuve, *avant la lettre*, sur japon, *avec* remarque, *signée*.

82. La même estampe, en même état.

DAUBIGNY (C. F.)

83. Les Petits cavaliers (42). Très belle épreuve.

N° 80 du Catalogue.

DAULLÉ (J.)

84. Marguerite de Valois, Cᵗᵉˢˢᵉ de Caylus, d'apr. H. Rigaud. Belle épreuve.

DEBLOIS (C. A.)

85. Marguerite — Ophélie. Deux pièces d'après

J. Bertrand, se faisant pendants. Epreuves sur chine.

DELAUNEY (A.)

86. Notre-Dame de Paris (298). Très belle épreuve, *avant la lettre*.

87. Cathédrale de Reims (297). Très belle épreuve, *avant la lettre*.

88. Cathédrale de Rouen (304). Très belle épreuve.

DE MACHY (d'après)

89. Environs de Rome. Deux pièces par Descourtis, se faisant pendants. De forme ronde. Belles épreuves, *imp. en couleurs*.

DESNOYERS (A. Boucher)

90. La Vierge de Foligno (H. B. 4), d'apr. Raphaël. Très belle épreuve *avec* le cachet de Ptolémée.

91. La Vierge au linge (5) — La Vierge à la chaise (6). Deux pièces. Belles épreuves *avec le cachet*.

92. La Visitation, d'apr. Raphaël (7). Très belle épreuve, *avec* le timbre.

93. La Vierge au poisson, d'apr. Raphaël (8). Très belle épreuve, *à la lettre grise*.

94. La Vierge de la Maison d'Albe (10). Très belle épreuve.

95. La Vierge aux rochers (18), d'apr. L. de Vinci. Belle épreuve *avec* le cachet.

DIDIER (A.) — FRANÇOIS (A.)

96. La Vierge à l'églantine, d'après Ghirlandajo ? — Mariage mystique de Ste Catherine, d'apr. Mem-

ling. Deux pièces. Belles épreuves *avant la lettre*.

DIVERS

97. Ste Famille, par F. de Poilly, d'apr. Poussin, *avant la lettre* — Ste Geneviève, par Baléchou, d'après Vanloo (sans marges) — Renaud et Armide, par F. Chéreau, d'apr. B. Picart — La récompense villageoise, par Le Bas, d'après Cl. Lorrain. Quatre pièces.

98. Idylle, par Danguin, d'apr. Bouguereau — Raphaël, par Forster — La Fornarina, par Leisnier — La Cigale, par Huot, d'apr. J. Lefebvre. Quatre pièces, une *avant la lettre*, *avec dédicace*.

99. Le Docteur, d'apr. Meissonier, pour la *Chaumière Indienne*, 2 épreuves — Napoléon, par Ruet, d'apr. le même — Retour des Champs, par Bastien Lepage — Bayadère, par D. Mordant, d'apr. Courtois. Belle épreuve, *avant la lettre*, 2 sur parchemin, *signées*.

100. La Vierge à l'œillet, par Lehmann, d'apr. Raphaël, *avant la lettre* — La Vierge du Palais de Bridge-Water, par Lorichon, d'apr. Raphaël. Deux pièces.

DORÉ (Gustave)

101. Les Joyeux ivrognes (B. 1). Belle épreuve du 2e état, sur 4, *avec retouches* par l'artiste. Collection Goncourt.

102. Le Néophyte, 2e pl. (27). Très rare (2 cassures).

103. Le Néophyte (30), 5e planche. Très belle épreuve. Très rare.

104. *Head of Christ bearing cross* (35). Très belle et rare épreuve d'*état*.

105. Andromède — Au fond des Bois — L'Ogre — La Sorcière — Gargantua — La Sibylle de Panzoust. Six pièces. Belles épreuves, une par J. Laurens.

DREVET (P.)

106. Beauvau (R. F. de), d'apr. H. Rigaud (17). Belle épreuve.

107. L. de Lamet, d'après H. Rigaud (82). Bonne épreuve.

DREVET (P. I.)

108. Bossuet, en pied, d'apr. H. Rigaud (12). Superbe épreuve *avant* les points.

109. Le Couvreur (Adrienne), d'après Coypel (24). Bonne épreuve.

110. Tressan (L. de Lavergne de), petite pl. (31) — Orléans (Louis, duc d'), d'apr. Coypel (21) — Oswald (H.), d'apr. H. Rigaud (12). Trois pièces, 2 en très belles épreuves.

DURER (Alb.)

111. Le Christ en Croix (24). Très belle épreuve.

112. Les Offres d'Amour (B. 93). Très belle épreuve.

EARLOM (Richard)

113. *A Flower piece* — *A Fruit piece*. Deux pièces, d'apr. J. van Huysum, se faisant pendants. Très belles épreuves, *avant la lettre*.

114. *A Fruit Market* — *A Herb Market* — *A Fish Market* — *A Game Market*. Suite complète de 4 pièces connues sous le nom des *Quatre Marchés*, d'apr. F. Snyders et Langjean. Très belles épreuves (quelques mouillures).

N° 108 du Catalogue.

115. *A Fruit Market*. Très belle épreuve (mouillures).

116. Le Fils de Rubens et sa nourrice, d'apr. Rubens. Très belle épreuve, *avant la lettre* (petite cassure).

117. *Mary Magdalen washing Christ's Feet*, d'après Rubens. Très belle épreuve.

118. *The Water Mill*, d'apr. Hobbema. Belle épreuve.

119. *Liber veritatis or a collection of prints, after the original designs of Claude Le Lorrain......* London, Boydell (W. Bulmer), (T. I et II), s. d. T. III, Hurt et Robinson, 1819 — 3 vol. in-fol. contenant 300 planches. Bel exempl. (quelques piqûres).

ECOLE ANGLAISE (XVIIIe siècle)

120. Au Tombeau de Shakespeare — Ophélia — Femme à mi-corps, couverte d'un voile — Elements of Drawing. Quatre pièces par Bartolozzi, Genisson, etc., 3 *imp. en couleurs* ou *coloriées*, une *avant toute lettre*.

ECOLES ANCIENNES

121. Le Jugement dernier, par Wohlgemuth — Ronde d'amour, d'apr. Marc-Antoine — Scènes de la Genèse, par Delaulne — Le Christ en Croix, bois enluminé. Cinq pièces.

122. Le Corps mort du Christ, par Ribera — La Fête sous la treille, par Ostade — Animaux, par Berghem et Van de Velde. Six pièces.

EDELINCK (G.)

123. Ste Famille, d'apr. Raphaël (R. D. 4). Belle épreuve *avec* l'écusson, la lettre en marge non encrée.

124. Ant. Arnauld — Pomponne de Bellièvre — J. C. Parent — F. Tortebat. Quatre pièces. Bonnes épreuves.

FICQUET (Etienne) — SAVART (P.)

125. Descartes — Fénelon — La Fontaine (pour les Fables) — Regnard — La Mottre Le Vayer — Colbert — Dayle — Racine. Huit pièces. Belles épreuves.

FLAMENG (Léopold)

126. Copie de la Pièce aux Cent Florins, de Rembrandt (218), Trois très belles épreuves d'*états différents*, sur japon, deux *avec dédicace* à Edm. Hédouin.

127. Les Secrets de l'Amour, d'apr. Jourdan. Belle épreuve sur chine.

FORTUNY (Mariano)

128. Kabyle mort — Mendiant — Arabe assis — Tireuse de cartes. Quatre pièces. Très belles épreuves.

GAILLARD (F.)

129. Gaillard, par T. de Mare — Mgr Bouvier (11), épr. d'*essai, retouchée* — Dante — La Vierge de la Maison d'Orléans. Quatre pièces.

130. Jean Bellin, 2e pl. (8). Deux belles épreuves d'*état différent*.

131. F. Mistral, d'après E. Hébert (12). Très belle épreuve.

132. Le Pce Bibesco (19). Belle épreuve. Rare.

133. Vénus — Mercure (20-21). Deux pièces pour *Thorwaldsen et son œuvre*. Très belles épreuves sur chine.

134. L'Homme à l'œillet, d'apr. Van Eyck (25). Très belle et rare épreuve *avant la lettre*, *avec* le nom tracé à la pointe ; sur chine (taches de colle-forte dans la marge du haut).

135. La même estampe. Belle épreuve sur chine, *avec* l'adresse de Salmon.

136. La même estampe. Deux très belles épreuves sur chine.

137. La Vierge et l'Enfant Jésus, d'apr. Botticelli (29). Superbe épreuve, *avant toute lettre*, sur chine, *avec dédicace*.

138. La même estampe. Très rare épreuve d'état, *avant le ciel*. Sur chine.

139. La même estampe. Epreuve *avant la lettre*, sur chine.

140. Henri, Cte de Chambord (30). Deux très belles épreuves, sur chine, une *avec les fleurs de lys blanches*, et les mots : *Au Roi*.

141. Pie IX (31). Très belle et rare épreuve sur chine, *avant* les mots : Dessiné.... et *avec* 8 croix en marge.

142. La même estampe. Deux épreuves, une très belle, *avant les adresses*.

143. Le Crépuscule, d'apr. Michel-Ange (32). Deux épreuves, *avant la lettre*, une *avant* la signature (remontée).

144. St Sébastien (34). Deux belles épreuves, une *avant la lettre*, sur chine.

145. Tête de cire du Musée de Lille (36). Deux belles épreuves, *avant la lettre*, une sur chine volant.

146. Dom Prosper Guéranger (38). Très belle épreuve sur chine, avec l'annotation : *2e avant dernier état F. Gaillard* (doublée).

147. La même estampe. Très belle épreuve d'*essai*, *avant toute lettre*.

N° 162 du Catalogue.

148. Léon XIII (39). Très belle épreuve du 4e état, sur chine.

149. La même estampe. Très belle épreuve du 5e état.

150. La même estampe. Très belle épreuve d'essai, intermédiaire entre le 5e et le 6e état, sur japon.

151. Mgr Pie, évêque de Poitiers (40). Superbe épreuve sur chine, *avant* les armes, *signée*.

152. Le Comte de Melun (41). Belle et rare épreuve du 2e état, sur japon.

153. Le P. Hubin (42). Belle épreuve *avant la lettre*, sur chine, *signée*.

154. Les Pèlerins d'Emmaüs, d'après Rembrandt (43). Superbe et très rare épreuve *avant la lettre*.

155. La même estampe. Très belle épreuve, *avant le titre*, sur chine.

156. La même estampe. Très belle épreuve sur chine.

157. St Georges, d'apr. Raphaël (45). Superbe épreuve d'état, *avant* le second filet.

158. La même estampe. Belle épreuve, *avant la lettre*, sur chine, *signée*.

159. La Sœur Rosalie (48). Très belle et très rare épreuve d'état, aux *yeux clairs*. Sur chine.

160. La même estampe. Très belle épreuve d'état, avec l'annotation : *fond plus souple*.... Sur chine.

161. La même estampe. Très belle épreuve d'état, sur chine.

162. La même estampe. Très belle épreuve, *avant la lettre, avec remarque*. Sur chine.

163. La Joconde, d'apr. L. de Vinci (83). Très belle épreuve sur chine,

164. Vierge de Jean Bellin — La Vierge au Donateur, d'apr. J. Bellin — Le Condottière, d'apr. Anto-

nello de Messine — Gattamelata, d'apr. Donatello. Quatre pièces sur chine tirées sur grand papier.

165. Dom Guéranger — Léon XIII — Mgr Pie — La Vierge de la Maison d'Orléans, 2 épr. — La Tête de cire — Le Crépuscule — Dante. Huit pièces. Belles épreuves sur chine.

GAUJEAN (Eugène)

166. La Vierge, St Georges et St Donatien, d'apr. Van Eyck (14). Très belle épreuve sur japon, *avec remarque, signée.*

167. La Madeleine, d'apr. L. Matzis — La Vierge (d'apr. le même peintre?) Deux pièces. Belles épreuves, *avant toute lettre*, sur japon, *signées.*

168. Bretonnes à l'église, d'apr. Dagnan-Bouveret. Très belle épreuve, *avec remarque*, sur parchemin, *signée des artistes* — Primavera (fragment), d'apr. Boticelli. Deux pièces.

169. La Vierge et l'Enfant Jésus dans une gloire d'anges, d'apr. Jean Fouquet. Très belle épreuve *avec remarque*, sur chine, *signée.*

170. Chanson de Printemps, d'apr. W. Bouguereau. Superbe épreuve *avec remarque*, sur parchemin, *signée des artistes.*

GAVARNI

171. Alf. de Musset (79 R). Belle épreuve sur chine.

GELLÉE (Claude)

172. Mercure et Argus (17). Belle épreuve du 2e état.

GOLTZIUS (H.)

173. La Vierge pleurant le corps du Christ. Belle épreuve.

174. Jean Boll (161). Belle épreuve.

GRASSET (Eugène)

175. Les Mois, suite de 12 pl. (en double état), soit 24 pl. sous couvertures, tirées en noir et en couleurs sur japon.

GREEN (V.)

176. Son propre Portrait, d'apr. Abbott. (A. W. 131). Belle épreuve.

GREUZE (d'après J. B.)

177. La Malédiction paternelle, par Gaillard. Très belle épreuve, *avant toute lettre, signée des artistes* au verso.

178. La Mère bien-aimée, par Massard. Très belle épreuve, *signée* des artistes au verso. Collection Agassis.

179. Le Paralytique servi par ses enfants, par P. M. Alix. Très belle épreuve *imp. en couleurs*. Collection L. Galichon.

HADEN (F. Seymour)

180. Fulham sur la Tamise. Trois très belles épreuves *d'états différents*.

181. La Tewy, à Newcastle (55). Très belle épreuve.

182. Abreuvoir à Kenarth (57). Belle épreuve.

183. Lever de soleil, à Cardigan (60). Très belle épreuve.

184. Le Bac de Brendford (66). Belle épreuve.

185. The Towing path (67). Très belle épreuve, *avec* la femme, *signée*.

186. Coucher de soleil sur la Tamise (83). Très belle épreuve, *signée*.

187. Vue de Shepperton (78) — Thames Ditton, avec un bateau (64). Deux pièces.

HÉDOUIN (Edmond)

188. La Dame au chapeau, d'apr. Chaplin (57). Deux très belles épreuves *avant la lettre*, une à l'*eau forte pure*.

N° 186 du Catalogue.

HELLEU (Paul)

189. Mme Cheruit. Superbe épreuve, *signée*.

190. Frileuse. Très belle épreuve, *signée* et *numérotée*.

191. Rêveuse (Mlle d'Elbée). Très belle épreuve, *signée*.

192. Mme la Psse de Pless. Superbe épreuve, *signée*.

193. Mlle Letellier, tournée à gauche. Très belle épreuve, *signée*.

194. Hélène Helleu, la main sous le menton. Très belle épreuve, *imp. en couleurs*, *signée*.

HENRIQUEL-DUPONT (L. P.)

195. Son portrait, par A. François — Molière, d'apr. Mignard (105). Deux pièces sur chine.

196. Bertin aîné, d'apr. Ingres (67). Belle épreuve, *non terminée*, sur chine.

197. L'Ensevelissement du Christ, d'apr. P. Delaroche (87). Deux belles épreuves, une *non terminée*, *avant toute lettre*.

198. Le Mariage mystique de Ste Catherine, d'apr. le Corrège (93). Très belle épreuve, *avant toute lettre*, sur chine.

199. La même estampe, en même état, *signée*.

200. La Vierge de la Maison d'Orléans, d'apr. Raphaël (106). Belle épreuve *avant la lettre*, sur chine, *timbrée*.

HUET (d'après J. B.)

201. Le Matin, par Demarteau (546). Belle épreuve (taches d'humidité).

HUET (Paul)

202. Six Eaux fortes, par Paul Huet (58-64). Suite de 1 frontispice et 6 pl. (manque pl. 2), soit 6 pièces (avec les nos) sur japon mince.

JACQUE (Ch.)

203. La Truffière (85) — Le Cavalier — Une Femme donnant à manger à des porcs, etc. Huit pièces. Très belles épreuves sur chine.

204. Forge (263), état — Fuite en Egypte (264) — Village au bord de l'eau (255) — La Nourrice (243) — Ecurie (265). Cinq pièces. Superbes épreuves.

N° 212 du Catalogue.

JACQUEMART (Jules)

205. Miroir français du XVIe siècle (L. G. 21) — Minerve, de Besançon (16) — Le Christ à la colonne — Tryptique allemand — La Musique, d'apr. Vander Helst. Cinq pièces. Très belles épreuves *avant la lettre*, deux *signées*.

206. Moïse, d'apr. Michel-Ange — Tête de Christ, d'apr. L. de Vinci — Elisabeth de Valois, d'apr. Ant. Moro — Souvenirs de voyage. Six pièces (*4 avant la lettre*, une *signée*). Très belles épreuves).

JACQUET (Jules)

207. *1814*, d'apr. E. Meissonier. Belle épreuve sur chine.

JANINET (J. F.)

208. Henri IV, d'apr. Rubens, Bonne épreuve, *imp. en couleurs*.

JASINSKI (Félix)

209. Primavera, d'après Botticelli. Superbe épreuve *avec remarque*, sur parchemin, *signée*.

210. Mme Molé-Raymond (la Dame au manchon), d'apr. Mme Vigée-Lebrun (5). Très belle épreuve sur parchemin, *avec* remarque, *signée*.

JASINSKI (F.) — BOISSON (L.)

211. La Naissance de Vénus, d'apr. Botticelli — La Joconde, d'apr. L. de Vinci. Deux pièces. Très belles épreuves *avec remarque*, sur parchemin, *signées*.

JONGKIND (J. B.)

212. Sortie du Port de Honfleur (L. Delteil, 11). Très belle et très rare épreuve du 1er état.

KŒPPING (Karl)

213. Froufrou, d'après G. Clairin. Très belle épreuve, *avant la lettre*, sur parchemin, *signée* des artistes.

LAMOTTE (Alph.)

214. Mignon, d'apr. J. Lefebvre. Belle épreuve, *avant la lettre*, sur chine.

LE COUTEUX (Lionel)

215. Au Paturage, d'apr. Julien Dupré. Très belle épreuve *avant la lettre*, sur japon, *signée* des artistes.

216. Pendant le Prêche. Très belle épreuve sur japon, *timbrée*.

LEGROS (Alphonse)

217. La Charrue (81). Très belle épreuve du 1er état, sur japon.

LEHEUTRE (Gustave)

218. Ruelle St Jean, à Troyes, 1897. Très belle épreuve, *signée* et *numérotée* (tirée à 12 épr.).

219. La Chaumière au bord de l'eau, 1898. Très belle épreuve, *signée* et *numérotée*.

LHERMITTE (Léon)

220. Marchande de poisson, à St Malo (F. Henriet 28) — La Vierge de Kersaint (32) — La Dame au chien, d'apr. Willems (15). Trois pièces. Belles épreuves.

LEPÈRE (Aug.)

221. Les Images (A. L-B 7). Très belle épreuve *signée* (n° 9).

222. Un 14 Juillet, rue Galande (22). Superbe épreuve, *signée*, *timbrée* (n° 8).

LUNOIS (Alex.)

223. Intérieur hollandais, à Volendaam, 1895. Très belle épreuve sur japon, *signée*.

MANET (Ed.)

224. Le Corbeau, par Edgar Poë (90-94), suite complète de 4 pl., 1 ex-libris et texte, dans la couv. de publ. Très bel exempl., signé de Mallarmé et de Manet, accompagné du *Corbeau de profil*.

MASSON (Ant.)

225. Emm. de La Tour d'Auvergne, d'apr. N. Mignard (14). Très belle épreuve.

226. Guise (Marie de Lorraine, D^sse de) (32). Très belle épreuve.

MERCURI (P.)

227. Ste Amélie, reine de Hongrie, d'apr. P. Delanche. Deux belles épreuves sur chine, une avant la lettre.

228. Les Moissonneurs dans les Marais Pontins, d'apr. L. Robert. Belle épreuve, *avant la lettre*.

229. Jane Gray, d'apr. P. Delanche. Très belle épreuve.

230. Christophe Colomb — Mme de Maintenon. Trois pièces, une par Ceroni. Belles épreuves, la 1re *avant la lettre*.

MERYON (Ch.)

231. La Galerie Notre-Dame (Loys Delteil, 26). Très belle épreuve.

232. La Tour de l'Horloge (28). Belle épreuve.

N° 223 du Catalogue

233. St Etienne-du-Mont (30). Très belle épreuve, *avant* que les bras de l'ouvrier n'aient été regravés.

234. Le Pont-au-Change (34). Très belle épreuve du 10e état.

235. L'Abside de Notre-Dame de Paris (38). Très belle épreuve de l'avant-dernier état.

236. La Rue des Toiles, à Bourges. Très belle épreuve sur japon, *avant* l'adresse de Delâtre.

MILLET (J. F.)

237. La Couseuse (L. Delteil, 9). Bonne épreuve sur chine.

238. La Baratteuse (10). Belle épreuve sur chine.

239. Le Paysan rentrant du fumier (11). Belle épreuve sur chine, du 2e état (sur 4).

240. Les Bêcheurs (13). Superbe épreuve sur chine.

241. La Cardeuse (15). Superbe épreuve tirée en bistre.

242. La Bouillie (17). Très belle épreuve, *avant la lettre*. Collection A. Lebrun.

243. La grande Bergère (18). Très belle épreuve.

244. Le Départ pour le travail (19). Belle épreuve *avant les adresses*. Rare.

245. La même estampe. Très belle épreuve, *avant* le prolongement du nuage.

246. La Fileuse (20). Très belle et fort rare épreuve du 2e état datée : *13 Novembre 1868* (sur 5). Collection A. Lebrun.

247. La grande Bergère assise (33), épr. d'essai. Collection A. Lebrun.

248. Femme vidant un seau (32). Belle épreuve tirée sur papier ancien. Collection A. Lebrun.

249. Epreuves d'essais *partiels* de la Baratteuse, du

Nº 236 du Catalogue.

Départ pour le travail et de la Grande bergère assise. Sept pièces. Collection A. Lebrun.

MONGIN (Aug.)

250. Une Chanson, d'apr. E. Meissonier (76). Très belle épreuve sur japon, *avec* remarque, *dédicace* à Edm. Hédouin.

MOREAU LE JEUNE (J. M.)

251. Décoration du Sacre de Louis XVI, à Reims, le 11 juin 1775. Très belle épreuve toutes marges.

MORIN (Jean)

252. Ecce Homo (20). Très belle épreuve du 1er état, *avant toute lettre.*

253. Talon (Omer) (74). Belle épreuve.

254. Thou (J. A. de), d'apr. Ferdinand (79). Très belle épreuve.

255. Villeroy (N. de Neufville, Mis de) (87). Belle épreuve.

NANTEUIL (Robert)

256. Barrillon de Morangis (31). Belle épreuve.

257. V. Le Bouthillier (56). Belle épreuve.

258. Christine de Suède (67). Belle épreuve.

259. Coislin (Cal de) (69). Belle épreuve du 1er état.

260. Dunois (Cte de), 1660 (86). Très belle épreuve.

261. La Mothe Le Vayer (143). Très belle épreuve.

262. Nemours (Henri de Savoie, duc de) (199). Belle épreuve.

263. F. Mallier du Houssay (167). Superbe épreuve.

264. Péréfixe de Beaumont (H. de) (214). Très belle épreuve du 1er état.

264 *bis*. Poncet (P.). Belle épreuve (petite cassure).

265. Regnauldin (Claude). Très belle épreuve du 2e état, avec la pl. accessoire.

266. J. F. Sarrasin (220). Très belle épreuve du 2e état (sur 4).

PATRICOT (Jean)

267. La Procession des Rois Mages, d'apr. B. Gozzoli, en 2 pl. Belles épreuves sur chine (n° 10).

268. Le Jeune homme et la mort — Médée et Jason. Deux pièces, d'apr. G. Moreau. Très belles épreuves sur japon.

PIRANESI (G. B.)

269. Motifs décoratifs. Deux pièces in-fol. Très belles épreuves.

PLATTE MONTAGNE (N. de)

270. François Ier, d'apr. Janet (23) — Marie de Médicis, d'apr. Pourbus (25). Deux pièces. Belles épreuves.

POILLY (N.)

271. Jacques Tubeuf, d'apr. P. Mignard. Belle épreuve.

PORTRAITS

272. Collin de Vermont (H.), par Carmona, d'apr. Roslin — J. B. Silva, par G. F. Schmidt, d'apr. H. Rigaud. Deux pièces.

273. Vintimille (C. G. de), par C. Drevet, d'après H. Rigaud — Marie-Antoinette, par Danguin, d'apr. Mme Vigée-Lebrun — La Reine Hortense, par Pradier, d'apr. Gérard. Trois pièces (la 2e avt t l.).

RAFFET (A.)

274. Combat d'Oued-Alleg (82). Bonne épreuve, *avec* l'adresse de la *rue Favart*.

RAJON — WALTNER — COURTRY

275. Mrs Siddons — Fumeur Flamand — La Vierge de Crivelli — Têtes de lions, d'apr. Rubens — Meissonier, d'apr. lui-même. Cinq pièces (4 *avant la lettre*).

RECUEILS

276. *Voyages pittoresques et romantiques dans l'ancienne France.* (Normandie, T. I, et II) — 2 vol. in fol. — Paris, 1820-1825 — Exempl. cart (quelques piqûres et salissures).

REMBRANDT van RIJN

277. La Mort de la Vierge (B. 99). Bonne épreuve.

RICHOMME (J. L. Th.)

278. La Sainte Famille, d'apr. Raphaël. Belle épreuve *avant la lettre*. — La Vierge au livre, d'apr. le même. Deux pièces.

RODIN (Auguste)

279. Victor Hugo, de face. Belle et rare épreuve *avant* la lettre et *avant* la réduction du cuivre.

ROPS (F.)

280. La Quotidienne (35). Très belle épreuve sur japon, *signée*.

281. Prêtre russe (43). Très belle épreuve *rehaussée* et *signée*.

282. Ma tante Johanna, rare épreuve du 1er état, *signée*.

283. L'Ariette (63). Très belle épreuve sur japon, la lettre non encrée, *signée*.

284. La Vieille à l'aiguille (100). Très belle épreuve, *signée*.

285. Printemps (170). Très belle épreuve sur japon, signée.

286. Misanthropie. Très belle épreuve sur japon *signée*.

287. Maturité. Belle épreuve *signée* et *annotée* par Rops : *Maturité 1er état. Introuvable.*

288. Le Pendu (357). — Le Semeur de paraboles. Deux pièces, *signées*.

289. L'Olivierade — L'Oncle Claes et la tante Johanna. — La Dame au cochon, grande planche. Trois pièces.

ROPS d'apr. (F.)

290. Le Scandale, par A. Bertrand. Très belle épreuve *imp. en couleurs, numérotée* (46).

291. Eritis similis Deo. Très belle épreuve, *imp. en couleurs, numérotée*.

292. La Femme au pantin, par Bertrand. Très belle épreuve, *imp. en couleurs, avec remarque*, sur japon (n° 1).

293. Les Glaneuses — Le Bout du sillon. Deux pièces par A. Bertrand. Très belles épreuves sur japon.

294. La Dentellière — Pierreuse. Deux pièces sur japon.

ROUSSEAUX (E.)

295. La M^ise^ de Sévigné, d'apr. R. Nanteuil (H. B. 13). Superbe épreuve *d'essai* sur chine, *avec dédicace*.

RUISDAEL (J.)

296. Les deux Paysans et leur chien (B. 2). Belle épreuve.

SAINT-AUBIN (d'après Aug. de)

297. Le Bal paré — Le Concert. Deux pièces. Reproductions.

298. Necker, d'apr. Duplessis. Belle épreuve.

SCHENNIS (F. de)

299. Un Parc — Crépuscule. Deux pièces sur japon, *avec remarque, signées.*

SCHUPPEN (P. von)

300. Le Camus (Nic.). Très belle épreuve, *avec* la signature de Mariette, 1691.

TISSOT (J.)

301. Histoire ennuyeuse (25). Superbe épreuve, *signée* et *timbrée.*

302. Au bord de la Mer (38). Très belle épreuve, *signée* et *timbrée.*

303. Sur l'Herbe (41). Très belle épreuve, *signée* et *timbrée.*

304. Sa première Culotte (42). Très belle épreuve, *signée* et *timbrée.*

305. La Sœur aînée (44). Très belle épreuve *signée.*

306. Berthe (65). Très belle épreuve, *signée* et *timbrée.*

307. L'Auberge des Trois-Corbeaux (22), état — Trafalgar Tavern, Greenwich (28). Deux pièces, une *signée.*

VERNET (d'après J.)

308. La Tempête, par J.-J. Baléchou. Très belle épreuve du 1er état, *avec la faute.*

WALTNER (C. A.)

309. L'Etude, d'après H. Fragonard (11). Très belle épreuve sur japon, *avec* remarque, *signée* et *timbrée.*

310. Jacqueline de Cordes, d'apr. Rubens (20) — F. Duquesnoy (21). Deux pièces. Superbes épreuves, *avant la lettre*, sur japon, la 1re *signée*.

311. Mlle Masson, d'apr. P. Dubois (50). Superbe épreuve *avant la lettre*, sur japon.

312. Le Christ devant Pilate, d'apr. Munkacsy (103). Superbe épreuve *avant la lettre, signée des artistes* et *timbrée*.

313. Lady Campden, d'apr. J. Reynolds (107). Superbe épreuve *d'état, signée*.

314. Rembrandt, d'apr. lui-même (112), épreuve *d'état, signée* (pli).

315. Le Doreur, d'apr. Rembrandt (113). Superbe épreuve *avant la lettre*, sur japon, *signée*.

316. Régina, d'apr. Henner (123). Superbe épreuve *d'essai*, sur japon, *signée*.

317. La Tricoteuse, d'apr. J. Breton (128). Très belle épreuve, *avec remarque*, sur parchemin, *signée des artistes*.

318. Meissonier, d'apr. lui-même (135). Très belle épreuve *avec* remarque, *signée*.

319. Portrait de Prétet, d'apr. Roybet. Superbe épreuve *avec remarque, signée*.

WATTEAU (d'apr. Ant.)

320. L'Embarquement pour Cythère, par Tardieu (128). Belle épreuve.

321. Les Plaisirs du Bal, par G. Scotin (155). Belle épreuve (mouillures, un peu salie).

322. L'Accordée de village — La Mariée de village (98-148). Deux pièces par N. de Larmessin et C. N. Cochin, se faisant pendants. Belles épreuves (un peu salies).

WIERIX (J.) et BRUYN (A. de)

323. Figures pour l'Ancien et le Nouveau Testament, 50 pièces. Très Belles épreuves.

WILKIE (d'apr. D.)

324. *Blind-Man's Buff*, par A. Raimbach. Belle épreuve.

WILLE (J. G.)

325. Agar présentée à Abraham par Sara, d'apr. Dietrey (Ch. Le Bl. 1) 1er état — La Mort de Marc-Antoine, d'ap. Battoni (4-1 état). Deux pièces. Très belles épreuves *avant toute lettre*.

326. Musiciens ambulants, d'apr. Dietrey (Le B. 52). Très belle épreuve.

327. Instruction paternelle, d'apr. G. Terburg (55). Très belle épreuve.

328. J. B. Massé, d'apr. Tocqué. Belle épreuve.

PEINTURE

OUDRY (J. B.)

329. Deux chiens gardant du gibier, dans un paysage. Peinture signée : *J. B. Oudry, 1731*. Collection Goumois, de Besançon. Encadrée.

L. 1m30. H. 970.

DESSINS

ANONYME (débuts du XIXe siècle)

330. Tombeau de Marie-Christine d'Autriche. Importante grisaille exécutée d'après l'œuvre de Canova

H. 550 L. 420

ANONYME (XVIIIe siècle)

331. Le Portique au bord de l'eau. Plume et encre de chine, rehauts d'aquarelle.

BOUCHARDON (attribué à Edme)

332. Petits Génies portant divers attributs, composition en forme de bas-relief. A la sanguine. Marques de collection.

L. 258 H. 140

BRUNET-DEBAINES (A.)

333. Le Village à la Tour, 1873. Aquarelle. *Signée* et *datée*.

H. 225 L. 172.

BRUANDET (Lazare)

334. Le Paysan accompagné de cinq chiens 1780. Plume et encre de chine. Signé.

L. 283 H. 205

CARRACHE (Louis)

335. La Vierge, l'Enfant Jésus et St Jean. Dessin rehaussé de couleurs.

H. 185 L. 145

CARRACHE (École des)

336. Paysages. A la plume. Deux dessins.

DIVERS

337. Sous ce numéro, il sera vendu six dessins et aquarelles attribué à Oudry, Delafosse, etc.

ÉCOLE ALLEMANDE (xvie siècle)

338. L'Adoration des Mages.

H. 210 L. 148

ÉCOLES ANCIENNES

339. La Salutation angélique. A la plume lavé de bistre. Anciennes collections.

H. 290 L. 210

340. Le Christ couronné d'épines. A la plume.

H. 185 L. 142

341. Décoration partielle pour une galerie. A la plume, lavé de bistre.

L. 420 H. 255

342. La Mort de St-Joseph. Plume et sépia.
H. 210 L. 152

343. Le Couronnement d'épines. Plume et bistre.
H. 185. L. 165.

344. Dieu le Père apparaissant à Noé. Dessin au pinceau, rehaussé de couleurs à l'huile.
L. 415. H. 282.

345. Sujets religieux. Quatre dessins.

ÉCOLE FRANÇAISE (XVIIIe siècle)

346. Etude de personnage. A la sanguine, avec rehauts de blanc.
H. 277. L. 180.

ÉCOLE HOLLANDAISE (XVIIe siècle)

347. Le Concert rustique. Plume et encre de chine.
L. 320. H. 200.

ÉCOLE HOLLANDAISE (XVIIIe siècle)

348. Canal en Hollande. A l'encre de chine.
H. 290. L. 270.

ÉCOLE ITALIENNE (XVIIIe siècle)

349. Tête d'Homme. Aux trois crayons.
H. 480. L. 312.

ÉVENTAIL (fin du XVIIe siècle)

350. Feuille d'éventail. Projet à double face, exécuté à la plume sur peau.

GANDI

351. Joueuse de guitare. Aquarelle. *Signée.*

GIACOMELLI (H.)

352. Nid de Chardonnerets. Aquarelle. *Signée.*
H. 250. L. 190.

353. Les Chardonnerets, encadrement pour un texte. Aquarelle.

H. 290. L. 190.

354. Les Grives, encadrement pour un texte. Aquarelle, *signée*.

H. 288. L. 190.

355. L'Hirondelle. Aquarelle, *signée*.

L. 280. H. 220.

GUERCHIN (F. Barbieri, dit le)

356. Jésus au milieu des docteurs. A la plume, lavé de bistre. Collection Denon.

L. 425. H. 267.

357. Etude d'Ange. A la plume.

H. 268. L. 198.

358. Hérodiade. Plume et lavis de bistre.

L. 395. H. 268.

359. Le couple au repos, au bord du chemin. A la plume. Collection C. C.

L. 415. H. 285.

GUERCHIN (attribué à)

360. Paysages. Quatre dessins à la plume.

HABERMANN (F. X.)

361. Portique d'un palais. A l'encre de chine.

HAMON (J. L.)

362. Etudes de figures, 23 dessins sanguine ou mine de plomb. Timbre de la vente.

HUET (J. B.)

363. Le Repos du berger. Plume et lavis, avec rehauts d'aquarelle. Signé et daté : 1791.

L. 335. H. 208.

N° 353 du Catalogue

LANÇON (Aug.)

364. Lion du Sénégal. A la plume. *Signé.*

LE BRUN (Ecole de)

365. Le Serpent d'airain. Sanguine et encre de chine.

LELOIR (Maurice)

366. La Neige. Encre de chine et gouache. *Signé.*
H. 220. L. 149.

NOVELLI (Ant.)

367. Le Fleuve et les naïades. Plume et encre de chine, avec rehauts de blanc. *Signé.*
H. 352. L. 245.

PARMESAN (G. Mazzuoli, dit le)

368. Sujet mythologique. Plume et lavis de bistre. Collection Vallardi et Prayer.

PERNET (P.)

369. Les Ruines antiques. Crayon et sépia. de forme sonde. Signé.
Diam. 255.

PIRANESI (G. B.)

370. La Terrasse. A la plume, lavé de bistre.
L. 375. H. 270.

PROVOST (A.)

371. Galerie d'un Musée. Aquarelle. *Signée.*
L. 305. H. 195.

STRADAM (Jean)?

372. Le Concert des Muses. Plume et sépia.
L. 310. H. 215.

TRÉMOLLIÈRES ?

373. Le Baptême. Plume et sépia.

L. 580. H. 445.

VOS (attribué à Martin de)

374. Scène de l'Apocalypse. A la plume, lavé d'encre de chine.

L. 270. H. 205.

IMPRIMERIE
FRAZIER-SOYE
153-155-157, Rue Montmartre
PARIS

RED. :

20

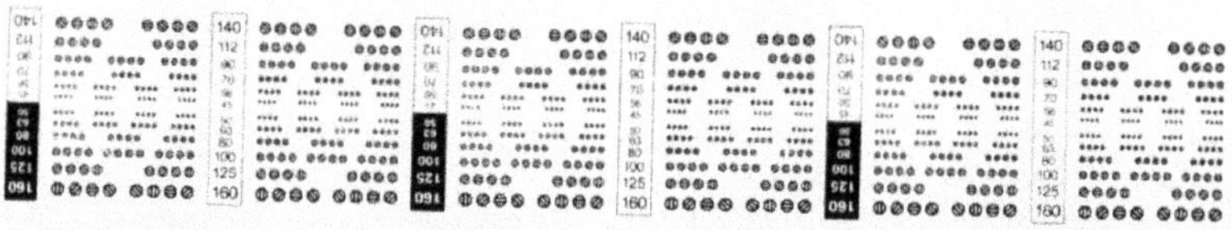

378.88.70
graphicom

0 1 2 3 4 5 6 7 8 9 10

MIRE ISO N° 1
NF Z 43-007
AFNOR
Cedex 7 · 92080 PARIS-LA-DÉFENSE

www.ingramcontent.com/pod-product-compliance
Ingram Content Group UK Ltd.
Pitfield, Milton Keynes, MK11 3LW, UK
UKHW021514260726
13993UKWH00004B/1662